月の雫

月の雫

一

ドウダンツツジの枯れ枝の間に、
点々と落ちる光は、
所在なく夜の庭を見遣っている老人のために
天上はるかから贈られた月の雫だ。

砂漠のように乾いた老人の心を
月の雫はうるおし、
老人に生きがいを与え、
慰めとなるにちがいない。

月は都会の小さな家々の屋根に光を注ぎ、
いたるところに雫をまき散らしているのだが、
その雫に気づくひとはほとんどいない。

しかし、ここに一人の老人がいて、
月の雫に見入ってうるおいを感じ、
夜の静寂のなかに沈んでいくのだ。

月の雫　二

アパートの窓から差す月の光は、
床に点々と雫をふり撒いている。
若い男は、月の光に振り向きもせず、勤め先で失策をやらかして、
叱責されたことを思い出し、しょんぼり落ち込んでいる。

月の光はすべての家々に、
等しく降り注ぎ、雫を撒いている。
住人が雫と気づかなくても、
月の光は意に介さない。

月の雫に気づいて、
金貨でも拾うように摘まみ上げようとすると、
その時にはもう跡形もなく雫は消えている。

しかし、月の雫に気づいて、
心に潤いをおぼえ、ふかぶかと深呼吸し、
明日生きていく気力を養う人もいないわけではない。

月の雫　三

まもなく満三歳になる年の一月一日、
少年は父母、祖父母などから貰ったお年玉をかかえて、
一日、何に遣おうと思案したあげく、
二日の朝九時、はす向かいの駄菓子屋に一目散に駆け込んだ。

少年は一日中駄菓子屋に居続けた。
やがて日が暮れ、月の光が駄菓子屋の土間に雫を撒き散らした。
六時ころ、お前は朝から晩までここにいたのか、
驚いたねえ、と言って、母親が迎えにきた。

少年のまわりには食べ散らかした駄菓子の食べ滓が、ストローで石鹸水をふきだすと無数のシャボン玉が空中に浮きあがる遊具などが、ぎっしりと散乱している。遊び疲れた少年は母親に話しかけた、ねえ、駄菓子屋さんは宝舟みたい、何でもあるんだ。

母親は、莫迦なことをお言いでないよ、それよりお年玉はどうなったの、と訊ねる。少年は、もうないよ、一銭残らずみんな遣ってしまったと答えた。一日でお年玉を全部遣い尽くすとは呆れて物も言えないよ、と母親は言う。

母子は土間の月の雫を踏みしだきながら家へ帰っていく。少年の向こう見ずな浪費はしばらくの間家族の語り草となる。誰もそれぞれの年代に宝舟を持つけれど、宝舟は月の雫のようにはかないのだとかつての少年は振り返ってそう考えている。

月の雫　四

一畝に胡瓜、一畝に茄子、一畝にトマト、一畝にじゃがいも、
一畝にさつまいも、といった工合で十畝ほどの菜園づくり。
たった一畝と莫迦にしてはいけない、一家五人食べきれないほど
収穫があるから、友人知人に分けてあげるほどなのだ。

平日は会社から帰ると三十分ほど自転車をこいで菜園にいく。
ゴミを拾ったり、異常がないか、点検し、成育状態を観察、
土曜、日曜は午後から出かけて本格的な作業、
堆肥を作ったり、害虫を駆除したり、等々はなはだ多忙なのだ。

土曜は四時ころから畦にビニールシートを敷いて菜園仲間の集会、
仲間は建具屋、クリーニング屋、美容師、中学の先生など、
本職はさまざまだが、秋田の農家で十八まで育った建具屋が先生、
苗の良し悪しの見分けから育つまで万般、教えてくれるのだ。

そこで、もぎたての胡瓜に塩をふって食べながらビールを一杯、
月の光が畑に差し、茄子が黒光りしているのは月の雫が滴るからだ。
駅前の居酒屋で上司の悪口を言いながら飲んでいる連中はみじめだな。
タテ社会と無縁な、野外の宴会を彼らに見せてやりたいな。

シダレザクラが三メートルほどもある梢のあたりから、垂れ下がった二、三本の太い枝、また数多くの細い枝々にびっしり淡い紅の差す白い花びらの帯を、滝のようになだれ落とす満開の光景は、豪奢だが、しかも清楚なのだ。

だが、満開のときはすでに花びらが散りはじめるときだ、ある宵、目をこらして見ていると、月明りの下、一片の花びらが音もなく、静かにゆっくりと、まるで月の雫につつまれるように散り、一片が地に落ちると、また次の一片が散り落ちるのであった。

翌朝、見てみると、シダレザクラの根元から円弧状に
花びらたちがたがいに重なることなく整然と散りしいていたが、
それは月の雫にみちびかれ、指図にしたがったかのようだった。
数日後、散りしいた花びらは土に還り、葉が茂っていた。
それまで侍者のようにひかえていたシロヤマブキが
純白の花を枝もたわわにまとっていたのだった。

月の雫　六

逢曳という言葉があった。美しいが古風だから、
現代ではふさわしい男女の出会いはめったにみられない。
そこで、老人会の会合で知り合って、たがいに恋いこがれている、
七十代も半ばを過ぎた男女のしのび会いをのぞいてみよう。

いい年をしていやらしいよ、という息子や、
いまさら男が恋しいなんて、どうかしてるんじゃないの、という娘から、
罵られても、くすぶる燠に火がついた情念は燃えあがるばかり、
息子や娘の眼をぬすんでひっそり公園のベンチで出会ったのだ。

こうしてあなたとお会いできて夢のようだ、と男がいえば、
私もそうよ、と女が答え、臆病な年老いた恋人たちは、
言葉のつぎほもなく、女はただハンカチをいじっているばかり、
やがて、決心した女が男ににじり寄ろうとした途端、ハンカチを落としたのだ。

ハンカチを拾おうとした女の仕草がまことにいじらしいのだが、
そのしわだらけの手の甲に月の雫がしたたり落ちて、
ふっくらかわいらしくみせるから、その手に男の手がかさなり、
ようやく、彼らはたがいに手をにぎることができたのだった。

月の雫　七

彼と彼女は幼稚園以来の幼馴染で未婚、三十を越えている。
彼は結婚相手になりそうな女性と出会うと、
彼女の方がましだ、と思って断る。彼女は年頃の男性と知り合うと、
彼の方がましだと思って断るから、二人ともこれまで結婚できなかった。

彼は彼女にプロポーズして断られるのが心配で、
プロポーズできないし、彼女も彼にプロポーズして
断られたらあんまり遣る瀬ないと思って、プロポーズしないまま、
おたがい相手を自分の恋人だと思いながら独身できてしまった。

臆病な恋人たちの出会いは勤め帰り、夕暮れ時のカフェの屋外席だ。
コーヒーを前にして、彼女が彼に、あなたは結婚したくないの、
と訊ねると、彼は、結婚したいさ、と答えるので、月の雫を浴びた彼女が
思いきって、どんな人と結婚したいの、とまでつっこんだのだ。

そこで、あなたみたいな人、と答えれば、すんなりプロポーズになるのだが、
彼は「あなたみたいな人」と答えたら、彼女に嗤われるのではないか、と心配して、
テレビ・タレントの名前など、あげてしまうから、彼女もがっかり、
二人はいつまでも未婚のまま年をとっていくのだ。

月の雫　八

彼女は母子家庭の長女、二歳年少の弟と四歳年少の妹をもっていた。

母は保険の外交員として働いていたので、彼女は母親代わりに弟妹の世話をしながら中学、高校に通った。身なりは質素だが、いつも清潔、学業も抜群、容貌も整っていたが、ひっそり静かで目立たない少女であった。


高卒で彼女は商社に就職した。そこで、女性でも、大卒であれば、部長や役員にまで昇進できても、高卒ではせいぜい課長どまり、と知った。

弟妹は何としても大学に進学させたい、学費は自分が面倒を見よう、と決心し、退社後の居酒屋などのつきあいは一切お断り、残業は何でも進んで引き受けた。

真面目に着実な仕事をして、信頼されたが、下積みなので評価はされなかった。言いよる男性も少なくなかったし、彼女がひそかに思慕した男性もいたのだが、彼女は恋愛や結婚など考えてはならないとかたく自分に言い聞かせていた。弟も妹も大学を卒業し、就職し、結婚もしたが、彼女に感謝してもいなかった。

彼女は寂しく独身のまま青春を終えようとしていた。だが、ある時、突然、部長の家の留守番を頼まれた。部長は連れ合いに先立たれて、六歳の男の子と四歳の女の子を抱えた男やもめ、頼んでいた留守番が急病、土曜日でも顧客の接待ゴルフに出かけなければならない、ということだった。

幼い弟妹をあやすことに馴れていた彼女に留守番は遊びみたいなものであった、夕暮れ帰宅した部長がきちんとかたづいた家で彼女になついている息子と娘に驚いて、彼女に、よく世話をみてくれたねえ、有難う、とお礼を言った。それまで他人から感謝されることを知らなかった彼女は思わず涙ぐんでしまった。

それから二回、三回と、部長から留守番を頼まれ、次第に彼女は部長と親しくなり、食事にも誘われるようになった。月が煌々と差していた夜、月の雫を浴びた彼女に部長が、ぼくと結婚してくれませんか、と申し込んだ。彼女は激しく泣いた。愛情に飢えていた彼女が竟《つい》の居場所を探しあてたのだった。

月の雫

ロシアのウクライナ侵攻のために、
逃げまどうこととなったウクライナの市民はあわれだな。
戦場に駆り出されたロシアの兵士、ウクライナの兵士もあわれだな。
逃げまどうウクライナの市民も
ロシアの兵士、ウクライナの兵士も、夜になっても
いつ飛弾するか分らぬミサイルに脅えているだろう。
だから、彼らは月の光が差しこむのを知らないかもしれないな。

ほくそえんでいるのは

アメリカ、ドイツ、フランス、英国などの軍需産業だ。
ロシアを封じこめ、孤立化させることを狙ったアメリカと
アメリカに追随する西欧有力国が
ウクライナにロシアと果敢に戦わせるために
膨大な量の兵器その他の軍需品を
官民癒着した軍需産業から買付てウクライナに供与しているのだ。
二〇二二年三月現在、彼ら軍需産業、死の商人たちは
六千億ドルを売上げ、株価は上昇し続けているのだ。

あるいは軍需産業のしかけた罠に
プーチンがはまりこんでウクライナに侵攻したのかもしれないな。
戦争が長びけば長びくほど
彼ら軍需産業は儲かる一方だし、
軍備品を装備したロシアと、ウクライナは

戦争を続けることとなり、
ますます軍需産業は儲け、その株価は上昇し、
ロシア、ウクライナは疲弊するのだな。

そう考えると、ロシアもウクライナもあわれだな。
ウクライナの兵士も市民も、ロシアの兵士も
みんなあわれだな。
夜、彼らがミサイルの飛弾に脅えているときも
彼らの頭上、中天に月がその光を彼らに注いでいるのだから、
月の雫が彼らの心のうるおいとなってほしいと願うのだが、
それも難しいのかもしれないな。

月の雫　一〇

彼と彼女は中学、高校の同級生であった。
彼は母子家庭に育ち、貧しかったが、彼女は恵まれた家庭に育った。
彼と彼女がクラスでずば抜けて一番と二番であった。
彼女はいつも彼よりも成績が劣っていた。

彼女が彼にどうしていつもそんなにできるの、と訊ねると、
家では読むものがないから、教科書だけ読んでいる、と答えた。
彼女は驚いて、せめて新聞でも読んだら、と言って
毎朝、彼女の父親が読み終えた新聞を持ってきて彼にあげた。

彼女は派手に目立ちはしなかったが、知性とやさしさが内面からにじみでてきて必ず誰もが惹きつけられる容貌の持ち主だった。彼は痩せぎすで長身、茫洋とした顔立ちだったが、彼女をあなたはぼくのマリア様と言い、彼女と結婚を誓い合った。

しかし、彼女が社会に出て、勤め始めると、彼女に大勢が言い寄った。中でも四、五歳年長の上司が、運動部系で、精力的な働き者で、熱心に彼女を口説いたので、彼女もほだされて、結婚を承諾した。彼は塾で教えながら博士課程に学んでいたので、ただ耐えていた。

三十年ほどの歳月が流れた。役員になっていた彼女の夫が急逝した。彼が彼女を訪ねて喪が明けたら結婚してほしいと申し込んだ。彼は大学教授でいまだに独身、彼女以外に妻はいない、と決めていた。こんなお婆さんになって、と渋る彼女を彼は心から愛していた。

また、二十年ほど、二人の幸せな暮らしの日々が流れた。
突然、彼女の物忘れがひどくなった。年々、認知症がつよくなった。
彼女は入浴もできなくなった。彼が彼女を抱いて入浴させた。
月の雫を浴びた無垢な彼女は浴槽で聖女のように微笑んでいた。

月の雫

一一

考えてみると、ここはずいぶん便利だな、東京の郊外とはいえ、
三、四分間隔に発着する電車は地下鉄で都心に直通しているし、
バスも七、八分間隔で走っているし、徒歩十分以内で、スーパーも
コンビニもいくらもあるし、牛丼チェーンなんかにも不自由ないのだ。

ぼくは都会暮らしに慣れて、郷里に戻るのはまっぴらご免だ、
谷あいの棚田が山のてっぺんまで三、四十、家の周りには野菜畠、
一日中働いても追いつかない暮らしに追われ、スーパーのある町へは
軽自動車で一時間ほど、保健所も町まで行かなければないのだ。

それでいて、十増十減とかで、また議員定数が減るそうだが、
都会住民の利益代表ばかりが増え、農民の権利を代表する議員が減る、
国会では都会住民の利益を代表する議員が圧倒的多数で、
ごく少数の農民の利益を代表する議員は年々減る一方なのだ。

都会暮らしの便益、恩恵を享受している人間の一票と、
「健康で文化的な最低限度の生活」も危うい農民の一票が同じ価値とは
どうなのかな、たしかに棚田には田毎の月、月の雫で棚田が溢れる
光景は目を奪うほどだけれど、ぼくはやっぱり郷里には戻らないのだ。

憲法二五条一項「すべての国民は、健康で文化的な
最低限度の生活を営む権利を有する。」

ロシアはしだいにウクライナに劣勢になるのではないかな、
だいたいナポレオン戦争ではモスクワ近くまで退却したし、
ナチス・ドイツのスターリングラード攻防戦でも、守り抜いて
結局、勝ったけれど、クリミヤ戦争のように攻め込むと負けるのだな。

それは装備の差なのだよ、ウクライナ軍は主としてアメリカから
調達した装備で戦闘している。兵器産業はあらゆる製造業の中でも、
最先端の粋《すい》を行くものだよ、たとえば、アフガニスタンに潜んでいた
アルカイーダの首領をアメリカの無人機が射殺した、その精妙さだ。

ロシアは製造業の後進国で、軍需産業もアメリカにはずいぶん遅れているから、
どうしても兵器もお粗末で、アメリカはじめ西側諸国から調達した
資金はみんな兵器などのウクライナ軍の装備に充てられているので、
ロシア軍は到底太刀打ちできないのさ。やむを得ないのだよ。

そういうことだと、ロシアの負けと決まっているのか、いや、
アメリカなど西側諸国の援助疲れが先か、ロシアの疲弊が先か、
ということさ、それまで軍需産業がウハウハ儲けに儲ける、わけだよ。
ウクライナで凍てついた月の雫が兵士や市民たちに零れている時にもね。

月の雫　一三

凍てついた一月の月の光はこまごまに砕けた
宝石の微粒子の流れであって、雫となって滴り落ちている。
月の雫はぶあつぃツワブキの葉に滴り落ち
ケヤキが天に差し伸べた繊細な枝々の間に滴り落ちる。

月の雫は三歳ほどの男の子を持つ若い夫婦の暮らす屋根に滴り、
仲の冷えきった中年の夫婦の暮らす家の屋根に滴り、
彼らは月の雫に気づいていないのだが、目ざとい老人が独り、
月の雫を干からびた心に沁みいるように感じている。

老人には滔々とながれる時をとどめるすべがない、
過ぎ去った時を取り戻すすべもない、だからといって、
嘆いてどうなることでもない、と老人は考えながら、
回想という箱から過ぎ去った時を少しづつとりだして感慨に耽るのだ。

月の雫は若い夫婦のつましく、けなげな暮らしを見守っているだろう。
月の雫は仲の冷えきった夫婦を憂わしげに見遣っているだろう。
寝つけない老人に月の雫は、生きよ、と囁くだろう。まだ到来しない
貴い未来に生きよ、と囁くのを、老人は確かに聞くだろう。

月の雫

一四

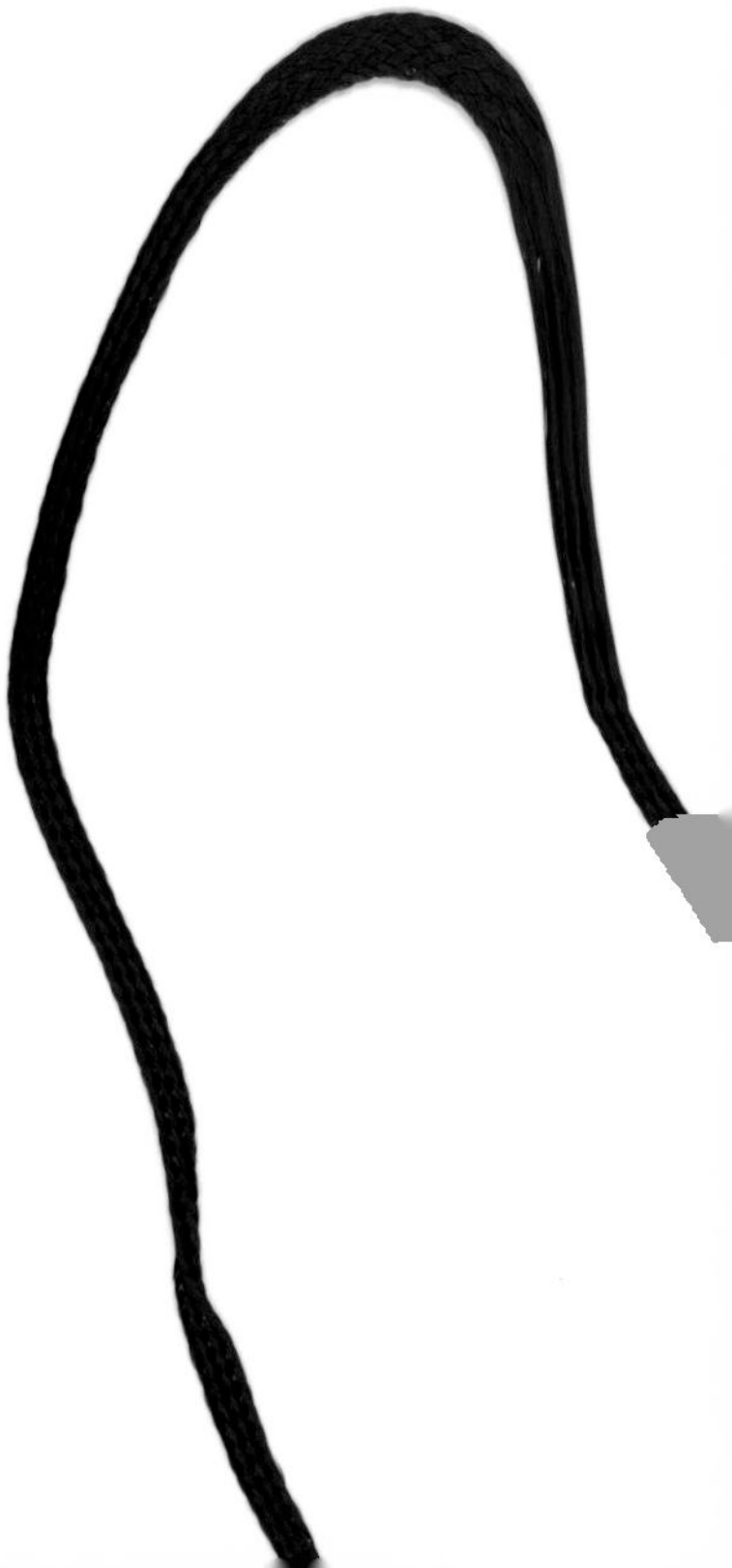

彼女が高校生の頃は、バレー部の部活で忙しいらしく、
真っ黒に日焼けして、目立たない少女だった。
高校卒業して、デパートに勤めるようになってから
見違えるほど、垢ぬけて、変身したかのように思われたのだった。

薄く化粧した肌は抜けるように白く、背筋をまっすぐに立て
脇目もふらずに、カッカと靴音を立てて歩く姿は、
息をはりつめて生きているかのようで、いじらしく思われたのだった。
ところが、数年後に同じ職場の男性と仲良くなって結婚した。

彼女は生家の庭先の一隅に二階建ての新居を新築して
新婚生活をはじめた。連れ合いは運動が得意そうな頑健な好男子、
似合いの夫婦だと思っていたら、やがて二人の間に男の子が生まれ、
次いで女の子が生まれ、その後、二人の子はすくすく成長した。

彼女の連れ合いが男の子を相手に道路でキャッチボールをしていた。
それも昨日のことのようだが、五十五歳で連れ合いは定年退職した。
まだ男盛りだったから、夫婦そろって自転車で郊外サイクリングを
楽しんでいたのに、六十になるか、ならずで、連れ合いは急逝した。

二人の子はそれぞれ大学を卒業し、結婚したのだが、男の子は
彼女にまるで寄り付かなくなった。嫁と姑の仲が険悪という噂だった。
女の子の結婚は破綻して、彼女の許に出戻ることになった。
彼女に白髪が目立つようになった。だんだんと彼女も老いていった。

ある春の夜、公園のサクラを見物にいった。脚光を浴びた満開のサクラは幻想的で夢のようだった。三々五々の見物客をあとに帰りの小道で、彼女に出会った。まあ、お恥ずかしい、と娘に押された車椅子の彼女が言った。その銀髪に月の雫がふり注いでいた。

月の雫

彼女は気立てがよくて、賢くて、人並はずれて器量よしで
彼女とすれ違う男は必ずといっていいほど彼女を振り返るのだった。
だから、彼女は幼いころからちやほやされて育ったが、
だからと言って、奢ることも威張ることもなかった。

あるとき、女子学生がひそひそ話しているのを彼女は耳にした。
男が女と結婚するなら女は気立てで選ぶべきなのよ、
いくら器量よしでもショーウインドーに飾っておくわけにはいかないし、
女房なんて毎日見てたら飽きるにきまってるから、ね。

彼女は気立てのいい女性の職場としてサッカー部のマネージャーを引き受けた。マネージャーはじつは雑用係だ。部員のユニフォームや下着の洗濯、練習場やバスの手配、コーチとの連絡、コーチの指示の伝達など。そこで彼女はサブ・マネージャーを募集した。男子学生の応募が殺到した。

彼女は面倒な仕事はサブ・マネージャーに押し付けて、コーチと協力、チーム力の向上に専念した。コーチと彼女は意気投合、ついにすべての指示は彼女が出すことになり、コーチは退職、彼女は監督に推された。彼女は相変わらず肌が白く、部員たちは彼女をミューズと呼んで崇めていた。

部員たちは彼女の衛兵たちであった。彼女を外からの侵入から防いでいた。彼女は身動きできない羽目になり、息苦しい暮らしを続けていた。やがて、卒業の時期が来た。部員たちは「蛍の光」を歌って、涙ながらに彼女に別れを告げた。一同に月の光が差し、月の雫が彼女の睫毛に滴り落ちた。

月の雫

一六

二十二歳、四月末、就職、入社して一月、
同期でも先輩でも未婚の男性がうじゃうじゃ、
私は一流女子大卒、十人並よりはだいぶ上と自負している、だから、
背が高く、ハンサムで、有望株を射止めよう、と固く決心した。

二十四歳、課長は紳士、はじめ課長から喫茶店に誘われたとき
もし課長からホテルに行こうと言われたらどうしよう、課長、
セクハラ・パワハラは困りますと断ったら、あとで苛められるかしら、
と心配したけれど、課長は仕事ができると褒めて、クッキーを一パック呉れた。

二十七歳、中学、高校の同級生一人ずつ、会社の同僚が二人、結婚の通知、
なのに、出世しそうな男性はお世辞上手や、要領のいい奴と決まっているので、
私はまだ有望株に出逢わない、出逢わないうちにイカズ後家になるのかな、
花の命は短くてというけれど、女性は三十代が女盛りなのだから、焦らないこと。

二十九歳、取引先の会社の万年係長という噂のひととデート、
彼は私より背が低く、顔もいかついけれど、
一緒にいると、ふんわり暖かに私を包みこむ感じ、
ただ、私は自分を安売りしてはいけないと、自分に言い聞かせる。

係長と四回目のデート、結婚してくれませんか、とプロポーズされた。
バンザイと口の中で叫んで、見上げる空は満月、
月の雫で体内がしっとり潤った、私は
背を屈めて、彼に抱き着いた途端、我を忘れて、有難う、と言ってしまったのだ。

月の雫　一七

ぼくは女嫌い、と言われていたけれど、ほんとは女性恐怖症なのだった。
女の胸の左右が膨らんでいるのも不自然だし、肌に化粧、眉を描いたり
口紅を塗ったりして素顔を隠し、いつもなにか企んでいるようで怖いのだ、
ところが、男性の上司に迫られて困ったのだ、女嫌いでも、ぼくにはその気がない。

上司に、フィアンセがいます、と言ったら、ウソだろ、彼女を連れてこなければ、
信用できない、と言われて、小学校のときに仲好しだった彼女に頼み込んだのだ。
彼女はすっかりその気になり、ぴったり体を寄せ、腕をくみ、ため息をついたり、
時々ウインクしたり、したので、上司も納得、一難去ったのだった。

一月ほど後に、彼女から、彼女の卒業した大学の学園祭に連れて行って、
フィアンセのふりしてね、と言うので、いいよ、と返事するしかなかったのだ、
彼女はまた、ぴったり体を寄せ、ぼくを熱い眼差しで見つめたりするから、
クラスメートから、口々に、お似合いいよ、美男美女のカップルねと言われたのだ。

その後は、映画館、美術館などに誘われ、フィアンセのふりをして、出かけた。
そんなある日、一度キスしたら、フィアンセのふりをするのにいいと思うわ、
と言われて、キスしたのだ、彼女の唇は美味しくて、胸はやわらかで弾力があり、
ぼくはむずがゆくて、無性に気持ちよかったので、キスが忘れられなかった。

もう一度キスさせてくれないかと思っていると、彼女が恋しく、いとおしくなり、
月明かりの下で、ほんとのフィアンセになってほしい、とせがんだら、いいわよ、
すぐ彼女は返事をしてまたキスしてくれた、月の雫を浴びた彼女は輝いていた。
だけど、考えてみると、彼女の仕組んだ罠にはまったのかな、女はやはり怖いよ。

月の雫

一八

息子や娘は独立して家を出たので、倦怠期をとうに過ぎた彼と彼女の夫婦二人、ただいま、と彼が帰宅、彼女はいない、また出かけている、と舌打ちしながらメモを見る、夕飯は冷蔵庫の中、私は夕飯を外で食べる、とある、冷蔵庫には冷凍シューマイと冷凍ピラフ、彼女の手料理よりよほど旨いのだと彼はご満悦。

やがて、彼女が帰宅、お食事は済んだでしょ、ああ、済んだという問答、あ、強い香り、キンモクセイだ、あれ、と夫が言いかけると妻が、お友達の家で、キンモクセイが豪勢だったので、一枝分けて貰ってきたのよ、文句でもあるの、彼女が言うと、彼は、いや、ちょっと思い出しただけ、と言う、何を、と彼女。

結婚した翌年、京都に旅行したね、何とかいうお寺のキンモクセイが満開で、
きみが一枝折って、とせがんだので、それは無理だと、諦めさせるのに苦労した、
彼が言えば、彼女が、そんなこともあったねえ、昔は若かったわね、と思い出す。

二人、しみじみ、かつての日々の思い出に耽った挙句、妻が、一杯どうかしら、
息子が置いて行った「ニッカ」があるはず、とカップにウイスキーを注ぐと、
窓から月の光が差し、琥珀色の液に月の雫が滴り、しめやかに時が流れ出す。

月の雫　一九

公園にコブシの巨樹が聳えていた。
真っ白な花々を枝もたわわに開いていた。
ある宵、若い母親と五、六歳の少年が通りかかった。
母親が足を止めて、そうよ、ここらで坊やを拾ったのよ、と言った。

坊やが可愛くて可哀そうだったから、拾ってあげたのよ、と続けるから、
そんなのウソでしょ、と少年が言えば、母親は、ほんとよ、と言う。
ウソでしょ、ホントよ、という諍いを
コブシは無言で見つめていた。空には新月がかかっていた。

そうか、ぼくは捨て子で拾われ子なんだ、だから
パパもママも、しょっちゅう、ぼくを叱るんだね、と言うから
母親が、慌てて、冗談よ、ほんとは坊やは捨て子じゃないのよ、と言う。

ところが、少年は、ぼくは捨て子なんだねえ、と真顔なのだ。
コブシの花陰で、少年が泣きじゃくっている。
少年の眼に月の雫が差しこんで泪になっているようだ。

月の雫　二〇

つややかなヤブツバキの葉群れが
午後の日差しをうけて照りかえすとき
葉群れの葉という葉から数百の花をひらき
花ひらく間にもまた無数の深紅の花びらを散らしている。

ヤブツバキの根元から放射状に数メートルも
びっしりと深紅の花びらが草地を埋め尽くしている。
その花びらが昼も夜もひっそり、草地に端然と
一片ずつ自らの意志のように散りしいているふしぎな光景！

ヤブツバキは公衆トイレの裏側に立っているからなのか、
満開のヤブツバキに路行く人々は誰も目をとめない。
しかし、誰も目にとめないことをヤブツバキはまるで気にしていない。
ヤブツバキは日々、無数の深紅の花をひらき、無数の花を散らし、
夜も、無言のまま、誰にも知られることもなく、端然と屹立し、
無数の花をひらき、無数の花を散らし、雫に似た月の光に濡れている。

後記

本書に収めた「月の雫」二十章は、老来、消閑の戯れに、あるいは私の見聞にもとづき、あるいは、空想をめぐらせて、人生の相貌の一端を、詩のような様式で、綴ってみた創作である。

三月後の二〇二四年一月一七日に私は九十七歳になるので、その記念として、友人、知己、また、未知の読者の方々に、ご一読いただきたいと考えていたところ、清水一人さんのご厚意によって刊行にいたった次第である。そもそも、この二十章も清水一人さんに励まされ、促されて制作したものであり、幾重にも清水一人さんにお礼を申し述べたい。

中村　稔

二〇二三年一〇月一七日